ESSAIS POÉTIQUES,

PAR

ACHILLE CARRÉ.

Prix : 50 centimes.

DIJON,

CHEZ LES PRINCIPAUX LIBRAIRES.

(Imp. Loireau-Feuchot.)

1851.

ESSAIS POÉTIQUES,

PAR

ACHILLE CARRÉ.

DIJON,

CHEZ LES PRINCIPAUX LIBRAIRES.

(Imp. Loireau-Feuchot.)

1851.

REPONSE DE M. DE LAMARTINE

A une Lettre envoyée par l'auteur.

Monsieur,

Vos vers ont la grâce enfantine de vos années ; c'est un charmant balbutiement de poésie. L'imagination est comme notre vie, elle joue d'abord ; elle sent et elle pense plus tard. Ne tourmentez pas votre ame, et laissez-la chanter en liberté. Vous êtes à l'aube de la poésie ; je vous envoie mes vœux pour votre avenir et ma reconnaissance pour votre sympathie.

LAMARTINE.

Paris, 18 février 1851.

RICHE ET PAUVRE, OU SOLIDARITÉ.

A M. C. B.

Dans vos salons dorés, lorsque le bal s'apprête
Pour tromper les ennuis des soirs de vos hivers...
Quand le luxe déploie, au milieu de la fête,
    Ses mille chefs-d'œuvre divers ;

Quand, parmi les parfums et la douce harmonie,
Des anges rayonnants, aux brillantes couleurs,
Vierges aux pieds légers, gazelles d'Arménie,
    Rasent le sol couvert de fleurs ;

Quand la joie est partout et que l'ame s'inonde
De délices, de paix, de plaisirs fabuleux,
De projets d'avenir... O riches de ce monde !
    Oh ! que vous devez être heureux !

« Mais non, m'avez-vous dit, car souvent la tristesse
« Au sein de nos palais vient glacer notre cœur! »
— Quelle pensée amère a changé tant d'ivresse
    Contre la peine et la douleur?

Ah! Dieu n'a point voulu que votre ame ravie
Dans tout ce vain éclat pût trouver son bonheur,
Pour oublier qu'il est des êtres dont la vie
    Se fond au creuset du malheur.

Lorsque la froide bise a soufflé dans la rue,
Lorsque la neige blanche a crié sous nos pieds,
Et que la pauvreté se traîne demi-nue,
    Cachant ses pleurs mal essuyés;

Dieu, certes! ne veut pas qu'ignorant ces misères
Vous goûtiez un plaisir si facile et si doux :
Tous égaux devant lui... les pauvres sont vos frères,
    Et meilleurs peut-être que vous!

O riches! pour combler ce vide de votre ame,
Il faut donner au pauvre, et puis donner encor...
Donnez... La charité, noble et divine flamme,
    Pour le ciel amasse un trésor.

Oh! donnez... oui, donnez à cette pauvre mère
Qui voit son nourrisson grelotter sur son sein,
Et son époux rentrant qui, d'une voix amère,
    Dit : « Faudra-t-il mourir de faim?

« Mon Dieu, si jeune encor, la misère me brise !
« Et je demande en vain du travail en ce lieu !
« Oh ! sans pain et sans feu lorsque gémit la bise ;
    « Les morts sont plus heureux, mon Dieu ! »

Donnez à l'orphelin qui regrette et qui pleure
Son père moissonné par un cruel trépas ;
Et qui, repoussé loin de sa triste demeure,
    Ne sait plus où porter ses pas !

Donnez à ce vieillard qui, seul dans sa mansarde,
A longtemps dévoré son morceau de pain noir ;
Qui, malade en ce jour, trouve que la mort tarde...
    La mort, hélas ! son seul espoir !

Donnez au pauvre aveugle, assis sur cette pierre,
Qui n'a que son chien seul pour ami sous les cieux ;
Qui, d'une voix tremblante, adresse sa prière
    Au passant souvent dédaigneux.

Donnez à cette vieille, autrefois égarée,
Mais qui paya bien cher ses premières erreurs ;
Donnez... elle vous tend une main décharnée,
    Et ses yeux sont baignés de pleurs.

Oh ! donnez à celui qui cache sa détresse,
Qui mendiant un jour, et repoussé du pié
N'oserait plus se plaindre et dire sa tristesse
    Aux mortels qui sont sans pitié !

Donnez... donnez beaucoup, car il est sur la terre
Des yeux toujours mouillés et des fronts abattus ;
Et plus d'un cœur qui souffre, hélas ! dans la misère
    Peut douter s'il est des vertus.

Donnez avec amour, et que votre parole
Aille aux peines que l'or ne saurait adoucir,
Mais que l'ame comprend et que l'ame console ;
    Peines d'esprit font tant souffrir !

Donnez, donnez toujours ; votre part la plus belle
Sera le souvenir d'avoir fait des heureux ;
Et le Christ vous dira, dans sa gloire immortelle :
    « Venez ici, cœurs généreux ;

« Venez ; quand j'avais faim, vous me rendiez la vie,
« Vous étanchiez ma soif et consoliez mon cœur...
« Vous qui m'avez vêtu de votre main amie,
    « Et qui partagiez mon labeur !

« Lorsque vous avez vu les pleurs de l'indigence
« Invoquer la pitié, c'était moi qui souffrais !
« O vous qui jour et nuit allégiez ma souffrance,
    « Approchez ; je vous reconnais ! »

LE POÈTE.

A M. A. DE L***.

Ah! je t'ai vu, noble et divin poète,
Jeter sur l'homme un regard plein d'effroi,
Et du milieu de la foule inquiète
Redire un chant que nul ne sait que toi.
Beau Cytharède, au ravissant délire,
Pour nos pieds las trace un chemin de fleurs;
J'aime tes chants, les plaintes de ta lyre,
Et ta douleur console mes douleurs.

Tel que jadis parmi les Francs, nos pères,
Disant l'amour et les faits éclatants,
Souvent on vit les Bardes, les Trouvères,
Dans leurs récits peindre leurs sentiments,
A tes accords que le génie inspire,
Ton ame forte a souvent joint des pleurs.
J'aime tes chants, les plaintes de ta lyre,
Et ta douleur console mes douleurs.

Doux romancier de la chevalerie,
En vers naïfs tu contes les exploits
Du vieux manoir où la dame chérie
Au Barde aimant dictait ses douces lois :
Simples récits que l'on aime à relire,
Des temps mauvais vous fûtes précurseurs.
J'aime tes chants, les plaintes de ta lyre,
Et ta douleur console mes douleurs.

Quand aux accents des vieux canons de fonte
Le peuple unit ses cris et ses clameurs,
Chassant un roi qu'il a couvert de honte,
J'entends parmi ces bruyantes rumeurs
Ta voix sévère, hélas! qui nous vient dire
Que l'avenir s'ouvre à de longs malheurs.
J'aime tes chants, les plaintes de ta lyre,
Et ta douleur console mes douleurs.

Tu n'as point mis dans la joie éphémère,
Tous ces désirs qui consument ton cœur ;
Jamais ton ame attachée à la terre
N'a de ses biens évoqué le bonheur ;
Des anges Dieu te fit voir le sourire,
Et tu chantas l'hymne pareil aux leurs.
J'aime tes chants, les plaintes de ta lyre,
Et ta douleur console mes douleurs.

Du tendre amour écho pur et fidèle,
Tu nous chantas la fidèle beauté,
En découvrant sous sa noire prunelle
Avec son ame un ciel de volupté,
Sa bouche fine où ta bouche respire,
Comme au bosquet, de suaves douceurs.
J'aime tes chants, les plaintes de ta lyre,
Et ton bonheur console mes douleurs.

En descendant sur le siècle où nous sommes,
Ton cœur planant, triste en cet univers,
Nous a redit la malice des hommes,
Et tes longs maux et tes chagrins amers ;
Partout le vice a dressé son empire ;
Ton œil voit tout, mais à travers des pleurs.
J'aime tes chants, les plaintes de ta lyre,
Et ta douleur console mes douleurs.

Pour tout vrai bien les hommes sont de glace,
Et l'intérêt seul les tient agités...
Charmant poète, avec toi dans l'espace
Je veux ravir tous mes sens irrités ;
Loin des humains que l'ambition déchire,
Sous un ciel pur et rempli de fraîcheurs,
J'aime tes chants, les plaintes de ta lyre,
Et ta douleur console mes douleurs.

————

L'HIVER.

ÉLÉGIE.

Malheur à l'orphelin qui pleure,
Malheur au pauvre sans demeure,
Car le souffle de l'aquilon,
Jetant un long cri d'épouvante,
A fermé la porte opulente
Et tout flétri dans le vallon.

L'air frémit et la neige tombe;
La nuit, plus triste que la tombe,
Planant sur les bois dépouillés,
Noircit la chapelle gothique,
Et grandit du manoir antique
Les créneaux par les ans souillés.

... Il erre au fond de la vallée,
Et, dans son ame désolée,
Le mendiant verse des pleurs...
C'est qu'il est triste et solitaire,
Et son cœur ne tient à la terre
Que par la chaîne des douleurs.

Du vieux castel l'hôte farouche
Hier soir lui ferma la bouche
Et le repoussa sans pitié,
Lorsqu'il disait dans sa prière :
« Heureux, soulagez la misère
« De l'homme tant humilié! »

La nuit devient plus froide et sombre ;
Ses plaintes se perdent dans l'ombre,
Et puis... ses membres sont glacés !

.   .   .   .

Plus tard, enfermé dans la bière,
Il eut sa part de la prière
Qui se dit pour les trépassés...

SUPER FLUMINA.

Asservis sous son joug, la Babylone infâme
Nous voyait gémissant sous l'excès des douleurs :
Souvenir de Sion, tu passas dans notre ame
    Et fis couler nos pleurs.

Près du fleuve en courroux, dont le fougueux murmure
Seul interrompt parfois le cours de nos sanglots,
Nos harpes, comme au clou pend une vieille armure,
    Dorment dans le repos.

« Par des cantiques saints trompez votre misère, »
Nous ont dit les tyrans, êtres vils et cruels ;
Comment chanter, Seigneur, sur la plage étrangère
    Tes hymnes immortels ?

Ah! que plutôt ma droite elle-même s'oublie;
Que ma langue aussitôt s'attache à mon palais,
Si de Jérusalem en mon ame affaiblie,
L'image a moins d'attraits!

Noble Jérusalem, à la sainte colline,
Impérissable objet de mon premier amour,
Que les enfants d'Édom soient par la main divine
Conduits à ton beau jour.

Tes ennemis disaient : « Détruisons ses murailles; »
Quand s'armait Jéhova contre tant de forfaits;
Ah! puisse le ciel rendre aux hommes sans entrailles
Les maux qu'ils nous ont faits!

Fille de Babylone! ô lâche et meurtrière!
Que pour toi le Seigneur invente des tourments...
Que chacun de nous puisse écraser sur la pierre
Tes coupables enfants!...

MÉDITATION.

En contemplant, Seigneur, cette voûte étoilée,
Rempart dont ta présence à nos yeux s'est voilée,
Qu'à la chute d'Adam tu posas en vainqueur....
Des frissons ne cessaient de parcourir mon cœur!
Dans l'horreur de la nuit, du vide et du silence,
Soutien de l'univers, que tu parais immense!
Je me disais : Que font ces globes allumés,
Dans l'océan d'azur négligemment semés?

Tous ces soleils brillant dans la vaste étendue?
La terre au milieu d'eux, errante et suspendue,
Dans sa marche suivant toujours un seul chemin,
Comme si le Seigneur la guidait de sa main?

Dans les champs de l'espace, ô Newton! sois mon guide
. . . .
. . . .
Que ta lumière est faible!... Elle agrandit le vide!...
. . . .
. . . .

Je voudrais, parcourant cet immense univers,
Dérober ses secrets; j'avance et je me perds:
Et j'adore, ô mon Dieu! ta puissance infinie;
J'aperçois ce néant que l'on nomme génie
Brisé comme un vaisseau qui vient frapper l'écueil:
Je reconnais ta gloire et maudis notre orgueil.

Pourquoi l'homme, agité par tant de vains problèmes,
Créant et renversant chaque jour vingt systèmes,
Dans un si bel ouvrage a méconnu ton art,
Et fait roi-créateur le chaos... le hasard?
Il faut bien l'avouer: la faute originelle
Sépara des humains la sagesse éternelle;

Sous l'ombre du mystère un Dieu s'enveloppant,
De l'homme dégradé la malice croissant,
L'homme vite oublia sa première origine
Et se hâta de fuir la lumière divine.

Mais, vain jouet des vents, sans appui ni secours,
Il s'attache à la terre en maudissant ses jours;
Enivré de plaisirs au festin de la vie,
Empoisonné d'orgueil et de haine et d'envie,
Aux biens qu'il a goûtés il semble dire adieu...
Oh! que son ame est vide! Il lui manque son Dieu!

Quoi! l'homme né d'hier, vil atome et poussière,
Esclave de la mort qui brise sa carrière,
          Et qui naît pour un jour!
Oserait-il encor dans son délire impie
Mépriser ton courroux... ta clémence infinie,
          Et braver ton amour?

Toi qui gouvernes tout par ta seule puissance,
Créateur et Seigneur, bon, éternel, immense;
          Toi de qui les bienfaits
Rachetèrent du mal cette race perdue,
Qui, depuis, à l'enfer tant de fois s'est vendue
          Par ses lâches forfaits!

Toi qui fis pour ta gloire un ciel où les archanges
Viennent se prosterner et mêler tes louanges
      A leurs divins concerts ;
Toi, le maître des mers; toi, qui roules la foudre;
Toi qui nous tiras tous du néant... de la poudre ,
      Et créas l'univers !

. . . .

. . . .

CONSEILS.

Enfant qui dans un saint asile
Avez guidé vos premiers pas,
Pour qui la vertu fut facile,
Aujourd'hui ne la trompez pas.

Dieu vous soutint par sa puissance,
Il vous donna des jours sereins ;
On est heureux dans l'innocence ;
Eh ! quoi?... vos pas sont incertains?

Pourquoi ce trouble dans votre ame?
Pourquoi ce regard défiant?
N'allez pas éteindre la flamme
Qui brûle en votre cœur, enfant !

Plus d'un, nous trompant à votre âge,
Trouva le joug de Dieu trop dur,
Et, du temple fuyant l'ombrage,
Aspire à longs traits l'air impur.

Si la raison vous est donnée
Pour vous conduire, désormais
Marchez à votre destinée :
Dieu ne vous manquera jamais.

Hélas ! vous entrez dans la vie :
Vous trouverez plus d'un écueil ;
Dieu qui donna l'ange à Tobie,
Garde la prunelle de l'œil.

Souvent à lui par la prière,
Enfant, songez à recourir ;
Priez, priez aussi sa mère :
Elle est prompte à nous secourir.

BARCAROLLE.

Oh! dis-moi, charmante Adèle,
Aux pieds mignons et divins,
Plus légère que gazelle
Qui franchit les Apennins;

Oh! dis-moi... dis pourquoi j'aime
Ton front pur et tes beaux yeux,
Où la volupté suprême
Est peinte, fille des cieux?

Ange qui fais mes délices,
Aux mains plus blanches encor
Que le lait de ces génisses
Qui paissent près du Thabor,

Pourquoi, lorsque tu sommeilles
Au moment frais du matin,
Sur tes lèvres si vermeilles,
Rit le bonheur enfantin?

Hélas! quand un long voyage
Loin d'elle me fit aller,
En contemplant son image
Je sentais mes pleurs couler...

Rien dans l'univers immense
N'a pu séduire mon cœur ;
J'ai vu Gênes et Florence,
Nice au climat enchanteur ;

La ville éternelle, assise
Sur la poudre de ses saints ;
Et la flottante Venise
Connue aux pays lointains ;

J'ai vu l'Egypte fertile ;
J'ai vu le Vésuve en feu,
La Grèce aujourd'hui stérile,
Et l'Ibérie au ciel bleu ;

J'ai vu des pays où l'onde
Roule sur un sable d'or,
Et la mer vaste et profonde
Qui se bat contre son bord...

Mais rien n'est beau comme Adèle
Aux pieds mignons et divins,
Plus légère que gazelle
Qui franchit les Apennins.

L'ANGE GARDIEN.

« Dors, enfant, dans l'innocence,
« Dors sous l'aile du Seigneur;
« Dès le jour de ta naissance
« J'ai dû veiller sur ton cœur.

« J'ai quitté la cité sainte
« Et ses ravissants concerts,
« Pour t'épargner la contrainte
« D'être l'ami du pervers.

« Enfant, il existe un monde,
« Qu'hélas! tu verras plus tard,
« Où le vent mugit et gronde
« En poussant tout au hasard.

« La confusion est étrange...
« Oh! je veillerai sur toi ;
« C'est moi qui serai ton ange :
« Nous verrons tout sans effroi.

« Nous franchirons le nuage
« Pour nous reposer aux cieux; »
Et l'enfant au doux visage
Lui souriait gracieux.

« Dors, enfant, dans l'innocence,
« Dors sous l'aile du Seigneur ;
« Dès le jour de ta naissance
« J'ai dû veiller sur ton cœur. »

FIN.

www.ingramcontent.com/pod-product-compliance
Lightning Source LLC
Chambersburg PA
CBHW070303220626
46818CB00018B/2323

9 782011 296498